Crime & Bave

Ils ont dit...

"Laframboise does an excellent job of translating the rhythm and feel of the typical murder mystery into the realities of a snail's eye view. The story is clever and effectively conveys the point of view of the snails and the various limitations and talents available to them."

-- Robert Turner, Tangent Online, 2017

«Michèle Laframboise impresses the hell out of me. She writes beautifully in more than one genre, more than one form, and more than one language.»

-- Kristine Kathryn Rusch, Fiction River, 2017

Michèle Laframboise

Crime& Bave

Un dossier du SPGJ

Echofictions

Collection Formidables
Service de Police du Grand Jardin - 1

Publication originale en anglais dans Fiction River 22, 2017 sous le titre Slime&Crime.

Design de couverture: Echofictions
Photos de couverture: Shutterstock
Dessins intérieurs par Michèle Laframboise
Photographie de l'auteure @Gilles Gagnon

Ce livre a été publié par : Echofictions
Mississauga, Ontario
www.echofictions.com

ISBN 978-1-988339-69-6 (print)

Cet ouvrage est une œuvre de fiction. Toute ressemblance avec des escargots, des lieux ou des événements réels ne saurait être qu'une coincidence..

Table des matières

Pour Josette

qui adore les jardins,

les chats et les mystères!

Crime & Bave

Un dossier du SPGJ

Je n'ai rien vu, je vous dis!

L'épiderme de Melliz se plissait dans une torsion nerveuse, exsudant des gouttes de sueur blanchâtre qui coulaient le long de son pied et se terminaient en une flaque collante. Le besoin de se mouvoir qui anime tous les rampants se ferait vite sentir.

Je glissai moi-même en retrait du témoin, puis j'ouvris mes récepteurs olfactifs pour évaluer la teneur de ses propos. Je reniflai sa sueur: neutre, dépourvue de cette note acide qui indiquait un mauvais métabolisme de son eau.

Les menteurs sont tout simplement incapables de gérer leur humidité.

Et retenir trop d'eau à l'intérieur signifiait que la sueur devient saturée en sels. Cette sueur favorisait l'oxydation des gras qui maintenaient l'élasticité de la peau.

La sueur en révélait beaucoup sur un rampant. J'avais appris à minimiser ma propre production pour mieux sentir celle des autres. Cette habileté me donnait le meilleur taux de résolution de crimes du Service.

La plupart des enquêteurs se concentraient sur la piste de bave.

Néanmoins, cette affaire pourrait bien sonner la fin de ma carrière. Une persistante odeur de pollen d'aster dominait la scène de crime, un plateau de granite tellement cuit par le soleil que la sueur d'un menteur se serait vite évaporée.

J'aurais dû demander à Zgouish de nous débarrasser de ces horribles boulettes couvertes de piquants. Elles étaient jetées aux quatre vents par de grandes fleurs à pétales jaunes. En plus d'être une nourriture épicée et tarée, leur odeur gâchait toute lecture olfactive d'une scène de crime.

Mais mon équipier était déjà occupé à interroger un autre témoin, un premier cycle, pas encore nommé. C'était lui qui avait trouvé le corps desséché. Il était en compagnie de Melliz, qui avait émis le signal d'alarme.

Depuis ma position, je ne pouvais voir qu'une délicate tige oculaire, dépassant de la masse de mon partenaire. Sa taille colossale rendait Zgouish particulièrement apte à soutirer de l'information. Sa coquille constellée de cicatrices en intimidait plus d'un.

Le tentacule oculaire du témoin oscillait de haut en bas, un signe de panique, ou d'une urgente envie de remuer son pied.

Excellent.

Je laissai Zgouish à son affaire et glissai sur mon tapis de bave pour examiner le corps.

Le technicien en scène de crime avait fini d'échantillonner les tissus et le sang, mais la sueur posait un problème.

Le corps ayant été découvert en après-midi, la peau de la victime avait eu le temps de sécher, ce qui nous empêcherait de renifler ses derniers moments. Même sa fameuse piste de bave s'était évaporée.

Ça n'augurait pas bien pour notre enquête. J'étirai mes longs tentacules oculaires pour parler.

— Qu'est-ce qu'on a ici? demandai-je par signes au technicien.

L'œil gauche du technicien se courba au-dessus de son sac d'évidence. À travers la paroi semi-transparente, j'aperçus des graines pièces brunes, durcies.

— Il n'y a pas grand-chose à en tirer, dit-il. Cette chaleur a asséché la sueur.

Il s'ébroua, ses flancs ondulant dans une fréquence 2-4. La fréquence double trahit son agacement, lequel avait deux causes.

La première, c'est qu'il ne récolterait pas assez d'évidence pour prouver un meurtre, et encore moins pour identifier le coupable. Il était donc en train de perdre un parfait après-midi de repos.

La seconde, c'est que, malgré la considération qu'apportait mon talent au sein du service, le technicien était particulièrement ennuyé de se faire donner des ordres par un sac d'œufs. Bien entendu, il ne pouvait exprimer son inconfort, parce que ce « sac d'œufs » était aussi le chef inspecteur du Service de Police du Grand Jardin.

*

TANDIS QUE ZGOUISH ET MOI glissions vers le quartier général, un effluve de décomposition déforma notre chemin olfactif. Détectant un danger ou un piège, je signalai à mon coéquipier de garder ses récepteurs ouverts.

— Fais gaffe, signala-t-il en retour.

Je m'avançai sur la surface pourtant familière du sentier, la tension montant à mesure que je m'approchais de la source de cette odeur. Me retirer dans ma coquille demeurait une option, mais cela ne m'aiderait pas. La coquille donnait à trop de citoyens un faux sentiment de sécurité.

Enfin, je rencontrai un mur de poils gris, qui bloquait le chemin. Je rétractai et lavai mes antennes réceptrices, tant ce mur empestait.

Un de mes yeux suivit Zgouish qui ondulait vers un rameau, qu'il escalada en sécrétant de la bave. Puis, son vaste pied et ses flancs enveloppant la branche, il étira son cou pour mieux regarder.

— C'est une souris, signala-t-il. Morte.

— Des blessures?

— Je vois des marques rouges sur le cou. Une griffe, je crois.

La peur me fit contracter mon pied et presque rentrer dans ma coquille. Par chance, mon partenaire avait orienté ses tentacules oculaires vers la souris morte.

La plupart des griffes nous ignoraient, à cause de notre coquille de calcaire. Mais les prédateurs volants pouvaient soulever un escargot et le laisser tomber de haut, ce qui craquait la coquille. D'où notre nette préférence pour glisser sous un couvert de feuilles.

Et c'est ce détail qui clochait quand on a trouvé le corps de Glam. Aucun citoyen sensé ne s'exposerait au soleil de mi-journée.

*

LE QUARTIER GÉNÉRAL du SPGJ occupait un vieux terrier creusé en dessous d'un érable, situé à une faible distance du carré de choux (délicieux). L'arbre était en train de mourir, et déjà des racines poilues de sauges et de saules envahissaient les couloirs, obstruant les passages souterrains.

Ce terrier avait besoin d'entretien, mais hélas, le dernier occupant avait eu une rencontre fatale avec une roue noire. Quand Thumper avait disparu, Zgouish et moi avions suivi sa piste poilue jusqu'à la grande plaine du Nord. Nous avions retrouvé ses restes abîmés au pied de la falaise au sommet de laquelle nous nous mouvions. Seuls ses longs récepteurs de vibrations étaient reconnaissables.

La mort de Big Thumper nous attrista tous. Depuis, une autre famille de lapins avait emménagé.

J'allongeai mes récepteurs olfactifs, aux aguets pour des odeurs de fourrure. Les lapins nous laissaient en paix, mais ce n'était pas le cas pour leur progéniture excitée. Par chance, les lapereaux se faisaient moins nombreux aux alentours, car des griffes de tous genres avaient éliminé les moins futés. (Ce qui constituait la plupart d'entre eux.)

Pour parvenir aux quartiers généraux du SPGJ, on empruntait un corridor secondaire à partir du terrier principal. Le technicien glissa vers son laboratoire, les restes desséchés collés à sa coquille.

Je traversai le rideau de radicelles velues qui fermait le bureau du Chef.

Toute la pièce portait l'empreinte olfactive d'un gastro-pode pratique. C'est-à-dire, le confort avant la fonction.

Mon récepteur gauche identifia dans un recoin des arômes de feuilles de choux et, oui, de succulentes fraises! Une lumière tamisée filtrait d'une racine creuse de l'érable (un accès discret pour ses informateurs).

La première chose qu'on apercevait du Chef de police du Grand Jardin, c'était sa coquille gigantesque. Les motifs en spirale qui auraient dû être jaunes, orange ou violets avaient été décapés par le temps et obscurcis par des dizaines de cicatrices. Son œil droit manquait, le tentacule oculaire coupé à mi-longueur.

Un survivant de la Grande Guerre des Choux, le Chef approchait les sept ou huit cycles, un exploit de longévité, considérant ses blessures. En conséquence, son avis professionnel était très recherché. Des rampants venaient des juridictions voisines pour le consulter.

Je livrai mon rapport, en essayant d'ignorer les abdomens crayeux des termites occupés à gruger le bois.

Comme le technicien l'avait prédit, le chef ne se montra pas convaincu.

— Ça pourrait être une mort naturelle, dit-il, ses courtes antennes réceptrices se contractant et s'étirant.

C'était un accident commun dans le Jardin : un stupide jeune à son premier cycle se gorgeait de feuilles tendres en matinée, puis se retirait sous sa coquille, sur les lieux, inconscient de la montée des températures. Il se réveillait plus tard en plein soleil, ses réserves d'eau déjà évaporées…

Pourtant, le décédé, Glam, était plus expérimenté : les spirales de sa coquille indiquaient un quatrième cycle.

— Ça ne colle pas, Chef. Un escargot de quatre cycles ne se serait pas étendu pour une sieste, au milieu d'une roche exposée au soleil.

— Glam n'aurait pas commis un acte aussi stupide, émit Zgouish.

Son odeur familière venait de s'ajouter dans la pièce, un appui qui me rassura.

Le Chef remua le tentacule portant son œil restant en cercles.

— Je vois. Vous m'avez signalé une importante quantité de pollen d'aster sur les lieux? Ils peuvent cacher quelque chose d'autre. Gowoon, retournez parler avec ce Melliz. Questionnez-le sur les grains.

Je glissai à travers le rideau de racines, sur un tapis de bave auquel se mêlaient quelques gouttes de honte. Je savais bien que quelque chose clochait!

*

L'APRÈS-MIDI COULAIT LENTEMENT vers sa fin quand nous nous retrouvâmes au sud du jardin, dans un espace retiré. La coquille de Melliz était facile à repérer, par son odeur de mucus.

Je contournai l'arrière, préparant mentalement mes questions.

Et m'arrêtai si brusquement que je vacillai sur ma traînée de bave.

Un mur pâle obstruait l'ouverture de la coquille. Ennuyeux. Il faudrait traverser cette membrane de calcaire pour atteindre notre témoin. Je fis signe à Zgouish.

Mon partenaire allongea son corps et se hissa aussi haut qu'il le pouvait, avant de se laisser tomber vers la porte. Il mâcha et mastiqua, et ses efforts portèrent fruit quand la membrane se déchira comme du papier de nid de guêpes.

Puis, à ma grande surprise, Zgouish se contracta, reculant comme si cette coquille contenait du cuivre. Mes courts récepteurs captèrent le juron olfactif de mon collègue, en même temps qu'une tenace odeur.

Crotte de vers.

J'étirai un mon oeil droit à l'intérieur. Toute la coquille était remplie de boules brunes, de la taille d'un œuf. L'odeur provenait de ces boules. Un mélange de miel et de levure, une drogue très recherchée dans les quartiers malfamés du Jardin.

Je reniflai les alentours de mon mieux, mais sans déceler d'indices utiles.

*

TU CROIS QU'UNE GRIFFE L'A EU? demanda Zgouish, des morceaux de feuilles pendant de sa bouche.

Nous mangions sous les nervures d'une feuille de chou, tout en discutant de l'affaire par échanges d'odeurs. La température était parfaite, et aucun de nous n'était particulièrement pressé de rapporter au Chef nos progrès (ou l'absence de ceux-ci).

— Melliz n'aurait pas eu le temps de sceller son épiphragme.

Et puis, un quatrième cycle comme lui ne tomberait pas si facilement entre les griffes d'u prédateur.

— Mais comment a-t-il pu se procurer cette coquille? demandai-je.

Zgouish allongea sa formidable anatomie pour mordiller la pointe d'une feuille. Le mouvement exposa la ligne sinueuse de sa lèvre inférieure, et son ventre plat. Je dirigeai mes yeux vers le sol.

Regarder trop longtemps mon partenaire me rendait le pied léger, parfois.

— La plus vieille ruse au monde, signa-t-il. Il a récupéré cette coquille vide d'une pile de déchets d'une griffe, et l'a scellée en laissant son propre mucus.

— Il a dû l'utiliser depuis longtemps, pour avoir laissé une telle quantité de levure à l'intérieur. Au fait, ça me rappelle : pourquoi donc as-tu reculé aussi vite après avoir ouvert?

Les antennes réceptrices de mon équipier s'agitèrent.

— Je ne touche plus à ce truc depuis longtemps. La levure.

— Pourquoi?

Maintenant, ses récepteurs traçaient des petits cercles, signes d'une nervosité inhabituelle. Il s'étira pour regarder les alentours, s'assurant qu'aucun escargot ou limace ne pourraient voir ou renifler notre conversation. Puis il poursuivit, en contraignant ses émissions olfactives au minimum.

— Un matin, alors que j'étais à peine sorti de l'œuf, je suis parti en expédition avec mes frères, du côté de la Porte Arrière…

J'émis une bouffée d'alarme.

— Mais c'est interdit d'aller là-bas! Tous les rampants de premier cycle sont prévenus au sujet de la Porte Arrière!

Il secoua son pied, un geste de mauvais rampant qui le rendait si incroyablement sexy que j'en oubliai presque ma question.

— Nous étions aussi stupides que ces lapereaux. Nous glissions en file, chacun rampant sur la bave du précédent, vers la zone. Par défi. Puis, j'ai reniflé le plus enivrant parfum jamais senti. Cela provenait d'un lac dont les eaux dorées brillaient au soleil.

— Une trappe de bière, émis-je, mes notes olfactives alourdies de colère.

À l'époque, j'avais déjà une bonne vision, alors j'ai noté les bords du lacs, arrondi comme une pleine lune. Puis, mon frère qui nous devançait y a plongé.

Il marqua une pause olfactive. Une odeur acide de honte suintait de son flanc.

— J'ai du mal à l'avouer, mais j'étais curieux. Alors, j'ai trempé mes lèvres dans le lac, mon pied sur le bord. C'était la plus merveilleuse saveur que j'aie jamais goûtée. Un désir enivrant a envahi mon cerveau, comme un parasite. J'en voulais plus.

— Et?

— Alors, j'ai plongé tout entier. Je me sentais tout léger, et j'ai bu et bu, tant que je fus pris d'étourdissement. Toutes les odeurs se mêlaient. Puis, je n'arrivais plus à détecter mes frères. Je sentis leurs coquilles encore molles sous mon pied. Ils ne bougeaient plus!

Le chef avait fait campagne pour éduquer la population du jardin au sujet des trappes à bière. Mais tous n'écoutaient pas…

— Alors, continua Zgouish, j'ai tenté de sortir, sans succès. J'allais me noyer. Au moment où mon poumon allait exploser, le lac a tremblé. Un géant a soulevé tout le lac —c'était un contenant rond—, et l'a vidé dans un plus grand contenant de plastique. Le géant a refermé un couvercle et tout est devenu noir. J'ai senti le géant se déplacer, puis le contenant a frappé une surface dure.

« J'ai rampé le long de la paroi, pour sortir, mais le couvercle était trop bien fixé. J'ai attendu, collé en dessous. Plus tard, une vibration a fait trembler la paroi, se répercutant dans ma coquille. Le couvercle s'est ouvert, m'inondant d'une lumière aveuglante. Puis, le contenant a été incliné, et j'ai vu la bière, la terre, les coquilles de mes frères débouler vers l'intérieur d'une immense gueule.

— Et toi?

— J'étais encore bien arrimé au couvercle. Un choc m'a libéré, et j'ai dû être projeté. Je me suis retrouvé au fond de la grande plaine, ma coquille fissurée.

— La grande plaine du Nord?

Il continua à mâcher, plus lentement.

— J'avais mal partout. Je me traînais à la surface, guidé par l'odeur de l'herbe. J'ai senti une forte vibration à travers mon pied. J'ai étiré mes tentacules oculaires, et c'est là que je les ai vus.

— Qu'as-tu vu?

— Les roues noires. Elles traversent la grande plaine si vite qu'on ne les voit pas. Mais parfois, elles s'arrêtent.

La curiosité me collait au sol.

— De quoi ont-elles l'air?

— Comme le dessous d'un pied de géant, enroulé autour d'une coquille argentée.

— Est-ce qu'elles laissent une traînée de bave?

— Non. Elles émettent une odeur de caoutchouc, de fer et de cuivre.

Je faillis m'étouffer avec ma bouchée de verdure. Le cuivre était le pire métal du Jardin, un poison.

— Et elles roulent aussi vite qu'une graine poussée par un grand vent, continua mon équipier. Elles vont toujours par deux. Je ne crois pas que même les plus grosses griffes du Jardin puissent les blesser.

Il fit une pause, émiettant sa feuille. Je perçus des notes acides dans sa sueur. Remuer ce souvenir l'ébranlait.

— Alors, c'est pour cette raison que tu as refusé tous les postes près de la Cave?

— Je ne peux pas supporter l'odeur de bière.

Je changeai de sujet de conversation.

— Dis, à propos de cette souris qu'on avait trouvée. Pourquoi la griffe qui l'a tuée a-t-elle laissé le corps intact?

— Ça devait être une griffe à fourrure. Elles sont reconnues pour ne pas manger leurs proies.

Ces griffes à fourrure! Imprévisibles, invisibles, sauf pour un éclair de fourrure grise et noire, vite disparu. Nous pouvions déceler leur odeur musquée près de la Porte Arrière ou du carré de choux. Heureusement, elles ne s'intéressaient pas aux rampants.

Tout de suite, l'attitude de Zgouish se relâcha, ses phéromones normales reprenant le dessus.

— On pourrait croire qu'avec leurs griffes qui creusent la terre, les souris pourraient se défendre.

— Les griffes des souris sont toutes petites. Les vers de terre m'ont dit que les griffes à fourrure sont très, très lourdes. Énormes. Presque autant que les géants.

Zgouish suspendit son mâchonnement, ses tentacules oculaires dressés vers le haut , un signe d'étonnement.

— Quoi? émis-je.

— Tu, tu fréquentes encore ces choses?

Ses émissions olfactives exprimaient du dégoût.

Étant des créatures dépourvues de pattes et d'yeux (et souvent, d'intelligence), les lombrics faisaient de piètres informateurs. Ils étaient peu fiables, constamment préoccupés par leur prochain accouplement, ou par la peur d'une griffe les arrachant au ventre tiède de la terre. Les officiers tenaient rarement compte de leur témoignage.

Pas moi.

*

EN FIN D'APRÈS-MIDI, je me glissai dans le laboratoire déserté. La presque absence de lumière dans le terrier du quartier général ne nuisait pas à ma recherche. Une profusion d'odeurs terreuses, organiques, acides, sucrées, ou puantes de décomposition illuminait la pièce.

Je traversai une rangée de fines racines de sureau qui laissèrent des poils fins sur ma coquille. Leur odeur de sève verte délimitait la chambre d'examen.

L'espace, dépourvu de l'odeur de cadavre, était vacant. Une trace de chitine dans l'air m'apprit que le corps de Glam avait été éliminé par des scarabées reconnaissants. Le technicien avait sans doute jugé qu'en raison du dessèchement de la peau, une analyse plus poussée était inutile.

Je n'étais pas d'accord. Retournant au labo, je fouillai l'étagère minérale, et retrouvai le petit sac d'évidence. Celui-ci n'avait pas été touché. Une négligence. Je le collai sur le côté, juste sous ma coquille.

Alors que je pivotais sur ma bave pour sortir, mes récepteurs olfactifs captèrent un puissant message de phéromones. Le technicien se tenait près de l'entrée, ses tentacules oculaires s'agitant.

— Alors, officier, on fait du zèle? signala-t-il.

Une question innocente, mais lourde de sous-entendus racoleurs émis par ses glandes en furie.

J'ondulai vers la sortie, en prenant soin de ne pas écraser le sac sous ma coquille. Mais le technicien avait une autre idée en tête.

— On prévoit de la pluie pour ce soir, signala-t-il, ondulant langoureusement dans ma direction. Tu devrais rester à l'abri.

Son ton condescendant m'agaçait. Comme si j'étais trop stupide pour lire les niveaux d'humidité dans l'air!

Il ne perçut pas mon refus poli. Pire, il exécuta les premiers mouvements d'une parade nuptiale, étirant son torse et son cou jusqu'au plafond.

— Après tout, c'est le printemps, dit-il, avec une note vicieuse.

Ses contorsions de désir ne m'impressionnaient pas. Je n'oubliais jamais l'injonction du chef au sujet des accouplements pendant le service. Pourtant, je devais sortir sans lui laisser découvrir mon vol.

Alors, je répondis à son ouverture, étirant mon cou (mais pas jusqu'au plafond, quand même). Mon mouvement le surprit: il émit une bouffée d'amusement qui contenait toutes les nuances aphrodisiaques du désir.

— Je savais bien que tu ne résisterais pas à un vrai porteur de semence, fit le technicien.

Une fente s'ouvrit sur son côté gauche. Son dard argenté pointa, soulevé par une écume de bave.

Je n'avais plus de marge de manœuvre, je glissai vers l'avant, ondulant hors de portée de ses lèvres suintantes de salive. Son dard, relâché trop tard, frappa une spirale de ma coquille. Une autre cicatrice de bataille.

Mais je laissais derrière moi une traînée de honte.

*

J'AVAIS JADIS ÉTÉ JEUNE et le pied léger. Lors d'une fête près du composteur, je repérai un magnifique rampant de second cycle, sa coquille striée d'un motif fascinant de bandes foncées, claires et entre-deux.

Son odeur, combinée à celle de la levure collée sur sa peau luisante, conspira pour me faire tomber pied et coquille en amour. Nous nous sommes éloignés de la foule pour nous accoupler sous une généreuse feuille de chou.

Après un long baiser dégoulinant de bave, je projetai mon dard, en même temps que mon partenaire. Les dards percèrent en même temps nos corps, nous entraînant dans une extase sublime.

Au milieu de cette frénétique étreinte, mon pénis resta coincé. Pas moyen de la retirer de l'ouverture de mon partenaire! Alors, je le déchirai.

Par la suite, je ne pouvais plus m'accoupler que comme femelle.

Cet événement traumatique changea l'attitude de mes amis hermaphrodites. Ceux-ci commencèrent à m'ignorer, ou à me traiter de sac d'œufs, comme si mes talents se résumaient à porter des œufs.

Avec de la chance et beaucoup d'efforts, je développai mon odorat pour détecter des menteurs, rendant de modestes services à la police.

Un jour à l'aube, un des inspecteurs du SPGJ mourut accidentellement, sous le pied d'un géant. On fit appel à moi pour aider à terminer son enquête. Ce n'était pas un gros dossier, mais ce fut ainsi que je rencontrai Zgouish, qui devint rapidement mon équipier.

*

DES ÉCLAIRS AVEUGLANTS zébraient le ciel nuageux de fin d'après-midi; leur vibration retardée faisait trembler ma coquille. Très vite, de grosses gouttes de pluie s'écrasèrent dans l'herbe. Tapie dans ma coquille, j'attendais sur la grande dalle près des plants de tomates.

Je ne craignais aucun prédateur. Quand les lourdes gouttes d'eau explosent dans le paysage, même les griffes se terrent dans leur terrier, ou dans leurs nids de brindilles.

J'étirai un tentacule oculaire.

Bientôt, les habitants souterrains briseraient la surface humide du sol pour fuir leurs galeries qui se remplissaient d'eau.

Si les escargots excellaient pour flairer des crimes, les vers de terre possédaient le meilleur odorat de tout le Jardin. Le problème, c'est que cet incroyable sens s'était trop spécialisé, confiné aux minéraux plutôt qu'aux organismes. Chaque jour, les vers creusent et digèrent des tonnes de terre, et de nombreux grains de sable et de particules traversent leur système digestif.

Je m'étirai hors de ma coquille sur laquelle la pluie tapait, secouant l'eau de mes antennes réceptrices.

Puis, je projetai un puissant appel olfactif.

Hé, venez sentir ceci!

Le truc, avec des informateurs à l'intelligence limitée, était de trouver la bonne motivation. Quelques grains de dolomie riche en calcium, avec les restes du sac d'évidence, formaient une récompense irrésistible.

Bientôt, j'avais recueilli les témoignages d'une dizaine de lombrics, mais aucun ne s'était avéré utile. (Qu'est-ce que ça me donnait de savoir quelle moitié de Tom finirait par s'accoupler avec Nan, et s'ils étaient de la même ponte?)

C'est alors qu'un très gros vers noua ses anneaux autour de ma coquille. Les plus gros lombrics étaient les plus expérimentés, car ils avaient survécu longtemps. La tête boursouflée sans yeux renifla le résidu au fond du sac, avalant au passage mon dernier grain de dolomie.

J'ai senti cette odeur près de l'entrée de la Cave, dit-il.

Avais-je capté la bonne réponse?

Répète, et donne la direction, demandai-je.

Le grand vers répéta.

La Cave, près du mur ouest.

Troublée, je laissai le vers dévorer le reste du sac.

*

POUR PARVENIR À LA CAVE DES GÉANTS, il fallait traverser un pont de ciment, monter à la verticale, puis glisser à travers un trou dans le verre transparent.

Une fois à l'intérieur, l'endroit était un paradis: chaleur, humidité, pénombre, flaque d'eau et surtout, nourriture dans des boîtes éventrées, des bouteilles, des cannettes argentées et des boîtes de carton. Bien entendu, une telle abondance signifiait que la cave était un point de rassemblement d'individus parmi les moins savoureux du Jardin.

Les rampants honnêtes évitaient le district.

Je glissai verticalement depuis la base de la fenêtre, jusqu'à toucher une marche de bois. Puis, je rampai au bas de l'escalier, passant devant un grand cylindre de métal gisant sur une marche, émettant une odeur sucrée.

D'autres odeurs se mêlèrent, indiquant que de nombreux rampants faisaient la fête sur les lieux. Depuis ma position, je vis les limaces, sans coquilles et sans gêne, leurs chemins de bave se croisant sur le ciment. Des coquerelles, des fourmis, des millepattes se mouvaient, espérant obtenir des miettes.

La plupart d'entre eux vivaient ici en permanence, en dépit du danger. Cependant, les géants avaient l'habitude de se retirer dans leur antre au-dessus de la Cave. Je captai les odeurs d'aster, d'urine de mammifère, de granite et de dolomie, de fruits pourris, dominées par un arôme qui constituait l'attrait principal de la Cave.

De la levure fermentée, liquide, sucrée comme du miel.

Je ne possédais pas la vue de Zgouish, mais je ne pouvais manquer les bouteilles en rang dans leurs boîtes de carton. D'autres bouteilles avaient roulé sur le ciment. En m'approchant, je vis des escargots intoxiqués, gisant dans les flaques de bière à l'intérieur.

Un appel olfactif pressant attira mon attention vers un jeune rampant qui se tenait devant l'entrée d'une bouteille tombée. Sa coquille sans marque portait des spirales pourpres et orange.

— Eh, qu'est-ce que tu dirais d'un petit échange de fluides avec moi?

Malgré les effluves de levure qui me titillaient, je l'ignorai et poursuivis mon chemin, croisant sa traînée de mucus. Le type coloré relâcha une épithète olfactive que je ne répéterai pas ici.

À mesure que je progressais plus profondément sur le plancher humide de la Cave, je devins la cible d'autres appels baveux.

L'idée de retourner au Quartier général pour demander des renforts au Chef m'effleura. Cependant, une telle action lui fournirait une preuve du manque de fiabilité d'un sac d'œufs. D'ailleurs, si ce n'était de mon talent hautement inhabituel, il m'aurait depuis longtemps retirée du service actif pour me placer derrière une feuille de comptabilité.

Un amas fétide de coquilles et d'antennes s'agglomérait près d'un sac de patates renversé. Je les contournai, non sans noter d'autres bouteilles vides sur le ciment.

Une puissante odeur d'acide formique m'alerta. J'étirai mes tentacules oculaires dans cette direction.

Un lombric de taille moyenne se tordait, impuissant, ses anneaux percés par une bande de fourmis rouges. Il était déjà mort, mais son corps ne le savait pas encore. Les fourmis, des êtres pratiques, s'en fichaient. Chacune plongeait sa tête dans la chair et en retirait une bouchée, avant de marcher en file vers l'entrée que j'avais utilisée.

Ce triste spectacle avait accaparé mon attention trop longtemps. Une injure olfactive concentrée explosa si près de moi que je faillis me réfugier dans ma coquille.

— On n'aime pas voir des rampants de la police se mêler de nos affaires.

Sans remuer mon pied, je tordis le haut de mon corps pour examiner la menace.

Ils s'étaient glissés derrière moi en un demi-cercle : deux escargots, un gros avec une coquille pleine de cicatrices, qui avait émis l'injure, et l'autre un premier cycle, sa coquille sans marque. Trois limaces coupaient ma retraite vers la fenêtre. Leur odeur de cadavre me donna un haut-le-cœur.

Pourtant, j'avais un travail à faire. Je fixai mon pied solidement au ciment pour discuter, utilisant à la fois des signes et des odeurs.

— Je cherche des amis de Glam, émis-je, en espérant que j'avais bien respecté la signature olfactive du décédé.

Devenir le prochain repas des fourmis rouges ne faisait pas partir de mon plan de carrière.

— Glam est un type bien, reprit le plus gros rampant. Extragénéreux!

— On suivrait sa piste de bave au bout du monde, ajouta le plus petit.

— Même si cela signifie mourir de la même façon? demandai-je, mes récepteurs aux aguets.

Un effluve de surprise me parvint du groupe.

— Que voulez-vous dire? Il est mort? émit le petit rampant dans une bouffée salée empreinte de peur. On nous a dit qu'il était parti!

— Vraiment? répondis-je. Et qui vous a soufflé cette information?

Mon enquête progressait mieux que je ne le pensais. Les premiers cycles, trop peu expérimentés pour mentir, étaient des témoins idéaux. Celui-ci forma une bouffée olfactive.

— C'est—

Il n'eut pas le temps de terminer sa phrase. Une masse orange et pourpre fondit sur lui, écrasant ses tentacules qu'il dut rétracter de justesse. Sa coquille déstabilisée roula de côté. Il suait abondamment pendant qu'une nouvelle émission, acide d'arrogance, s'élevait.

— Tu parles trop, petit œuf.

Le rampant à la coquille vivement colorée laissa son pied montrer par-dessus le premier cycle, avançant, forçant le plus petit à se retirer dans sa coquille. Puis, le type tourna ses quatre antennes, oculaires et réceptrices, vers moi.

— Ainsi, on envoie une pondeuse flairer la poussière dans notre territoire, signala-t-il, en avançant vers moi.

*

CE BELLÂTRE ne m'impressionnait pas.

Il n'avait pas affaire à un premier cycle à peine sorti de l'œuf, mais à un officier du SPGJ de trois cycles, entrainé à se battre. Je gardais dans une glande sous ma coquille une réserve de mucus collant spécialement produit pour ces occasions.

Cependant, recouvrir six adversaires d'une couche de bave épuiserait trop vite mes ressources.

Parlant de poussière, qu'est-ce que vous savez au sujet de Melliz? demandai-je, instillant une saveur acide de mépris dans ma question.

Le gros escargot à la coquille barrée étira un œil interrogatif vers le rampant arrogant.

J'en profitai pour jeter un œil sur le petit premier cycle qui avait semblé enclin à vouloir parler avant d'être bousculé. Un épiphragme fraîchement produit occultait sa coquille. Impossible de renifler quoi que ce soit de lui maintenant. Il devait avoir été terrifié pour produire cette couche aussi rapidement. Ce qui voulait dire que je glissais vers le fond de cette affaire.

L'arrogant à la coquille vivement contrastée s'approcha, nos coquilles s'entrechoquant. Une odeur doucereuse de bière le suivait. Il étira son cou, ses antennes s'agitant, le premier mouvement de l'accouplement. J'avisai sa coquille intacte. Un frimeur, habitué à copuler dans la relative sécurité d'un recoin de la Cave.

— Alors, petite baveuse, c'est le printemps, tu sais?

J'ignorai cette avance grossière.

— Je cherche Melliz, dis-je. Je crois que vous avez dû croiser sa traînée de bave.

— Et alors, répliqua-t-il, tout en imprimant au bas de son pied une ondulation langoureuse.

Je reculais sur mon mucus pour l'empêcher de se rapprocher.

— Melliz s'est caché, Glam lui a montré sa cache de bière solide, quelque part dans le jardin.

De la bière solide, d'une grande valeur parmi les gangs de la Cave, formait un motif de meurtre plausible.

— De la bière solide? S'il y en avait, on en aurait entendu parler.

Une aperture latérale s'ouvrit dans sa peau luisante pendant qu'il parlait. Il s'était positionné de façon à ce que son vulgaire dard perce ma peau. Mais je glissai vite de côté.

— Je crois au contraire que vous en savez pas mal sur ce trafic.

Son dard projeté fendit l'air et se perdit derrière les bouteilles.

— T'es audacieuse pour un sac d'œufs, signala-t-il.

Soudain, ma coquille frappa une surface dure. Je tournai un œil vers l'arrière, gardant l'autre sur l'arrogant rampant.

Des bouteilles semi-transparentes jonchaient le sol. Une de ces bouteilles contenait une flaque de bière à l'intérieur.

Une odeur oppressante d'alcool s'échappait par l'étroite ouverture.

Le demi-cercle de ses complices se refermait sur moi, avec l'intention de me repousser à l'intérieur.

La situation devenait désespérée. L'arrogant et sa bande allaient m'enfermer dans la bouteille et sceller l'entrée avec leur mucus, me laissant me noyer dans les vapeurs. Ou bien, ils profiteraient de mon état d'ébriété pour s'accoupler avec moi.

Je me concentrai et expulsai une vague de mucus défensif, attrapant le flanc de l'arrogant.

— Ça n'aide pas ton cas, petite coquille!

Je raffermis ma position, émettant une vague de mucus. Mais avant que mon pied puisse coller au ciment, les vulgaires limaces ouvrirent leurs gueules en forme de ventouse. Elles aspiraient ma bave plus vite que je la produisais. Puis, le gros rampant à la cicatrice frappa ma coquille avec la sienne, la différence de poids m'envoyant rouler. Je perçus une bouffée d'amusement du frimeur.

La bande me poussa peu à peu vers l'ouverture arrondie.

Soudain, mes capteurs identifièrent une odeur familière, et une puissante émission de phéromones de commande.

— Police! Arrêtez!

*

ZGOUISH AVAIT EXSUDÉ UN MUCUS GLISSANT et s'était inséré entre deux membres du gang, passant par-dessus une limace. Les autres limaces, ne faisant pas le poids, s'enfuirent en direction du vers désormais immobile.

Mon équipier se jeta sans hésitation vers le complice à la coquille scarifiée, mordant et jetant des imprécations olfactives. Le gros rampant était plus lourd, mais personne dans le Jardin ne pouvait égaler l'habileté de Zgouish en combat, singulier ou pluriel.

Leur échange de baffes se termina quand mon équipier força le malabar à retraiter dans sa coquille sale.

Le frimeur, humant les effluves du vainqueur, tenta de s'échapper. Je projetai une salve de mucus bien collant, qui immobilisa son pied. Sa coquille, portée par l'inertie, frappa le verre brun de la bouteille dans laquelle sa bande avait tenté de m'enfermer.

— Mène-nous à Melliz, dis-je.

— Vous ne le trouverez jamais! nargua le frimeur, reculant.

La bouteille derrière lui roula, et frappa une autre, le léger choc se répercutant dans mon pied.

Je détectai alors une faible trace olfactive.

Le mur de l'est, près de la racine de lierre grimpant.

Cela venait de la coquille scellée du premier cycle, dans laquelle un minuscule trou venait d'être percé.

*

ZGOUISH ET MOI RAMPIONS VERS LA FENÊTRE. En fin de compte, nous nous étions montrés indulgents envers le frimeur et sa bande. En échange, ils ont confirmé que Glam semblait très content de lui, distribuant des grains d'aster à la ronde.

— C'était courageux de ta part de descendre dans la Cave, émis-je. Mais comment as-tu su où je me trouvais?

— Un gros vilain vers me l'a dit.

— Tu parles aux lombrics, maintenant? dis-je, complétant mes signes avec une bouffée d'amusement.

— Après avoir clos le cas de la souris morte, j'ai suivi ta piste de bave.

Nous gravissions les marches, verticales puis horizontales, et atteignîmes celle avec le cylindre argenté. Alors que nous rampions en vue d'escalader le mur, une aveuglante lumière, aussi forte que le soleil, effaça l'éclairage lunaire de la Cave.

Tout de suite, un concert d'odeurs paniquées remplit l'air.

Puis, de fortes vibrations firent trembler le bois de la marche sous nos pieds. Un moment, l'aveuglante lumière fut éclipsée par une ombre formidable.

Depuis ma position au bord de la marche, j'assistais au spectacle des jambes monstrueuses frappant le ciment du plancher, ses grandes semelles réduisant les coquilles en miettes. Les émissions de peur furent bientôt dissoutes, remplacées par une fétide odeur de sang et de chitine écrasée.

Puis l'air lui-même sembla trembler, une étrange vibration que mes récepteurs olfactifs ne purent identifier. Comme les lapins et les souris, les géants portaient des récepteurs de vibrations aériennes. Donc, ils devaient aussi avoir des émetteurs, quelque part.

Une bouffée d'urgence me tira de ma contemplation morbide.

— Là-dedans, vite!

Zgouish était déjà en train de se faufiler par l'ouverture du cylindre argenté, sa grosse coquille frottant les bords. Je me hâtai à sa suite. Mon pied glissa sur un sirop sucré qui remplissait la cannette, le trop plein déplacé par nos corps s'écoulant à l'extérieur. J'identifiai le liquide.

De la levure sucrée produite par les géants.

Autrement dit, de la bière.

Ses six pattes arrimées sur la paroi, une fourmi solitaire aspirait le liquide. Notre entrée la dérangea, et elle détala avec sa goutte.

Alors que nous tentions de trouver une position stable dans un cylindre, celui-ci roula par-delà le bord de la marche et tomba sur la suivante, nous catapultant l'un contre l'autre. Je fus un moment consciente de l'odeur irrésistible de mon compagnon, avant qu'un instinct de danger me fasse retraiter dans ma coquille.

Nos coquilles se cognèrent encore. Je sentis soudain la cannette monter au lieu de descendre. Puis, elle (avec nous) fut animée d'un mouvement de balancier.

J'étirai un œil hors de la coquille. Pas de doute, la flaque de bière moussait autour de nous. Je sortis mon pied pour m'engluer sur la paroi de métal, lequel n'était, heureusement, pas du cuivre.

Les odeurs de la cave disparurent, si vite que c'en était étourdissant.

La cannette cessa soudain de se balancer.

Puis, la gravité qui nous retenait au sol disparut d'un coup. Zgouish et moi nous flottions en apesanteur, une sensation qui se jouait de nos statocystes. La cannette tombait, lâchée depuis une grande hauteur.

Une hauteur de géant.

La gravité revint se venger sur ma coquille alors que la cannette atterrit brusquement. Le choc me détacha de la paroi incurvée et me projeta contre l'ouverture.

Un mur bleu, artificiel, bloquait la sortie. Il en émanait une odeur de plastique et de saleté. Je glissai à nouveau vers la flaque de bière. Celle-ci s'était accumulée au fond, à cause d'une légère pente.

Une telle chute aurait pu casser nos coquilles, mais Zgouish et moi avions été protégés par les parois de métal.

— Où sommes-nous? demandai-je.

Mon pied glissa sur le bord de la flaque de bière, en aspirant quelques gouttes.

— Dans la zone de la Porte Arrière, répondit Zgouish.

Le pire endroit pour des rampants!

— À l'intérieur.

De mieux en mieux, pensai-je.

— Nous sommes perdus.

Zgouish tourna ses antennes.

— Peut-être, peut-être pas.

— Que veux-tu dire?

— Il y a un moyen de sortir de là, dit-il.

*

EN MATINÉE, les géants apportent cette boîte bleue et la déposent près de la grande plaine du Nord. Il nous suffirait d'attendre.

La cannette remua, projetant nos coquilles vers la mare de levure fermentée au fond.

Zgouish signa dans ma direction, son large pied bavant par-dessus le mien.

— Tu sais, Gowoon, nous pourrions utiliser ce temps de manière utile. Après tout, c'est le printemps.

— Tu dis n'importe quoi, c'est la bière qui parle, dis-je, consciente de son odeur affolante.

Mais la chaleur étouffante et les vapeurs de bière conspiraient contre moi. Je me sentis lentement, inexorablement, glisser dans un tunnel de désir…

— Tu sais que je ne peux pas te rendre la pareille, répliquai-je, mes émissions affaiblies par l'émotion. Je ne suis plus hermaphrodite.

Zgouish remua ses antennes en un message urgent.

— Je me fiche de ce que tu étais avant, et de ce que tu es maintenant.

La levure m'embrume le cerveau, songeai-je.

— Gowoon, je me baignerais dans ton chemin d'écume, émit-il, sa sueur reflétant la vérité.

Sa déclaration si sincère me fit suer et baver de plaisir. Nous nous jetâmes l'un contre l'autre, nos antennes se mêlant.

Je ne m'étendrai pas sur le passionnant échange de fluides qui suivit notre baiser langoureux. Qu'il suffise de savoir que si jamais le chef apprenait notre incartade, mes chances de figurer dans le Hall d'honneur des Gastropodes s'évaporeraient vite.

*

TEL QUE ZGOUISH L'AVAIT PRÉVU, peu après l'aube, un géant emporta la boîte bleue. Par mes glandes cytostatiques, j'estimai qu'on nous amenait vers le nord du Jardin. Puis, on nous déposa, les objets glissant contre le métal de la cannette.

Nous extirper hors de la cannette, puis monter la paroi de la grande boîte bleue, nous prit le reste de la matinée. Enfin, nous glissâmes avec soulagement en bas de la boîte bleue, pour nous disparaitre sous les grands brins d'herbe.

Puis, les herbes se séparèrent, nous offrant l'incroyable étendue de la plaine grise du Nord, si vaste que son horizon s'effaçait dans un brouillard flou.

« Il y a une falaise de l'autre côté des plaines grises,» émit Zgouish, ses deux antennes étirées en lignes parallèles.

J'enviais sa vision. Je ne pouvais que deviner l'emplacement en contrebas où nous avions retrouvé les restes de Thumper.

L'air frais chassa les dernières brumes de bière de nos cerveaux.

Nous avions décidé de ne pas révéler notre passade à quiconque. À l'intérieur de mon ventre, je sentis la première vague de circulation sanguine déviée vers les nouveaux œufs qui se formaient.

Après tout, c'était le printemps.

*

IL AVAIT PLU PENDANT LA NUIT, ce qui nous permit de ren-flouer nos réserves d'humidité en route. Il nous fallait traverser l'étendue d'herbe mouillée, puis ramper le long d'une dalle blanche, une des nombreuses qui composaient un chemin dangereux le long du mur est.

Les géants et leurs semelles noires les utilisaient souvent. Pour ne pas être écrasés, nous empruntions les crevasses qui séparaient chaque dalle.

Bien entendu, lorsque nous arrivâmes vers la racine noueuse de la vigne qui montait sur le mur de l'est, pas de Melliz en vue. Rien que des feuilles humides de vigne et des miettes épicées de pollen d'aster.

— Je déteste cette malbouffe! dis-je.

Le vent nous apporta une odeur teintée de miel.

— Là! signala Zgouish, une antenne tendue droit devant.

Je reconnus les motifs de la coquille striée du quatrième cycle. Melliz mâchonnait un grain d'aster.

— Police! Arrêtez! ordonnai-je, espérant que ma puissante émission olfactive compenserait mon manque de phéromones d'autorité.

Ignorant mon ordre, Melliz se coula contre le ciment du mur, puis il s'étira pour le gravir. Zgouish le suivit.

J'affermis mon pied et me jetai à leur poursuite.

Les éléments de l'enquête s'agglutinaient ensemble comme du mucus solide : Glam se montrant trop généreux lors d'une fête dans la cave; ses amis trop bavards, le rusé Melliz suivant Glam pour découvrir sa cache. Il avait tué Glam en milieu de matinée, laissant son corps se dessécher sur la dalle exposée au soleil, calculant que toute odeur compromettante se serait évaporée en après-midi.

Melliz ralentissait. Zgouish le rattraperait, son corps d'athlète fluant à la vitesse de l'éclair.

Je me sentis soudain glisser vers le bas, entrainée par le poids de ma coquille.

Normalement, j'aime l'eau, mais la végétation du mur, gorgée de pluie, dégouttait sur nous, ce qui compliquait ma montée. En plus, l'humidité atténuait les odeurs : je perçus à peine les jurons de Zgouish lorsqu'il manqua de perdre pied, au-dessus de ma position.

Nous continuâmes la poursuite sur le mur vertical, glissant par-dessus les tiges de feuilles trilobées qui nous cachaient le fuyard. Une guêpe bourdonna près de nous, ses pattes tenant deux grains bruns de levure.

J'entrevis un éclat métallique entre les feuilles de vigne. Au même moment, je détectai un arôme de triomphe portant l'empreinte inimitable de Zgouish.

La cache!

Alors que je rampais vers le haut, une puissante odeur de levure concentrée me frappa. Je rampai plus près de quelque chose de brillant. Puis je compris. Un géant idiot avait poussé cette cannette dans les vignes. Les tiges raides des feuilles la maintenaient en place.

La cannette gisait sur le côté, de façon à ce que la pluie ne coule pas à l'intérieur par le trou. À l'intérieur, je devinai que l'évaporation avait transformé le liquide doré en boue collante, facile à mouler en balles qui circuleraient dans les fêtes de la cave.

Voilà le magot pour lequel on avait tué.

Entre les feuilles, j'aperçus Melliz rampant à l'intérieur de la cannette, sans doute dans le but de trapper mon équipier à l'intérieur. L'ouverture serait trop étroite pour la coquille de mon équipier.

Au lieu de suivre le suspect, Zgouish se hissa entre les briques et le métal argenté. Je le perdis de vue sous les feuilles trilobées.

Alors Melliz émit un signal de peur acide.

Non! Vous ne pouvez pas faire ça!

Un autre signal: *Regarde-moi faire!*

Les tiges se courbèrent sous la tension. Une guêpe jaillit hors du trou de la cannette. Une feuille s'abaissa, me révélant Zgouish qui étirait son superbe corps au maximum pour pousser contre le métal. Je doutais de l'efficacité de la manœuvre, car la hauteur du contenant dépassait une dizaine de longueurs de corps.

Pourtant, la tige d'une feuille, sur laquelle il avait posé son pied, se plia en deux. Puis, une autre. Les tiges restantes ne purent retenir la cannette qui se détacha et roula par-dessus les feuilles avant de dégringoler du mur.

Mes entrailles dévorées par l'inquiétude, je lançai un appel paniqué: Zgouish!

Un message olfactif m'atteignit, détérioré par le vent.

Te bile pas, Melliz a atterri sur la dalle.

Confiante en l'excellente vision de mon équipier, j'étirai mon cou pour regarder vers le bas.

La hauteur était étourdissante, mais je pouvais distinguer le brillant cylindre sur la dalle. Une tache mouvante s'en extrayait.

Melliz.

Glisser vers le bas me prendrait trop de temps. J'optai pour une solution risquée. Je comprimai mon corps sous ma coquille, résorbant mes antennes.

Puis je décollai mon pied du mur.

*

Ma chute fut par bonheur très courte. Ma coquille rebondit sur la terre meuble entre la dalle et le mur.

En étirant un œil par-dessus le bord de la dalle, j'aperçus le sommet de la coquille de Melliz. Le suspect se hâtait vers l'est. Une haute barrière de bois envahi de vignes marquait la limite de notre juridiction. Il y avait un espace sous la barrière, juste au bout de la dalle.

Melliz l'avait repéré et s'y dirigeait, son corps s'étirant et se contractant sur la dalle.

L'idée que ce meurtrier allait s'en tirer sans coup férir ranima mon ardeur. Je puisai plus d'eau de mes réserves.

C'était risqué pour mes œufs, mais le devoir passait avant tout.

Au lieu de suivre le passage au fond de la rainure, je glissais au sommet de la dalle. Puis, je me hâtai à sa suite.

Melliz était rapide, mais j'avais reçu un solide entrainement. Je glissais à la vitesse de l'éclair sur cette surface si lisse. Ma trajectoire allait intercepter celle du fuyard. Avec chaque ondulation de mon corps, la coquille du suspect devenait plus claire, ses motifs définis, jusqu'à ce que je puisse déceler les grains de levure qui s'y étaient collés.

Puis tout bascula dans un cauchemar.

Une série de séismes à basse fréquence secoua le sol, de plus en plus fort. J'envoyai aussitôt le signal olfactif pour avertir qu'un géant approchait!

Amis ou ennemis, nous étions égaux devant cette menace.

Je décollai mon pied de la pierre et me retirai dans ma coquille, un instant avant qu'une forte vibration m'envoie rouler. Quand ma coquille s'immobilisa, je risquai une antenne au-dehors.

Une ombre immense recouvrit la pierre. Melliz l'aperçut trop tard.

Un mur suintant la terre humide écrasa sa dernière bouffée de panique. Le mur demeura là, sa surface d'un vert minéral à une antenne de moi. Je me préparai mentalement à une mort rapide par écrabouillement.

Puis le mur disparut. J'eus tout juste le temps d'apercevoir le géant qui s'éloignait vers le nord, sa tête se perdant au-dessus de l'horizon.

Une cannette argentée brillait dans une immense patte.

De Melliz, il ne restait aucune trace reconnaissable. Des fragments de sa coquille étaient éparpillés en un large cercle. De la poudre de levure brune s'en échappait, que le vent eut vite fait de disperser.

*

ZGOUISH ET MOI RAMPIONS en direction des quartiers généraux, à une allure tranquille, discutant et mangeant en chemin.

— Zgouish, comment fais-tu pour voir des détails aussi lointains? demandai-je en mâchant une fraise ratatinée.

Il ébroua son pied avant de s'immobiliser. Puis, les tentacules oculaires dressés de part et d'autre de sa tête se rapprochèrent l'un de l'autre, jusqu'à se tendre bien droit.

— C'est un truc. Je dirige mes yeux vers le même point, en additionnant les images dans mon cerveau. Ça produit une meilleure image.

— Incroyable! Tu devrais en parler au Chef!

Zgouish courba un de ses tentacules, me lançant son regard de charmante canaille.

— Pour qu'il me fasse bosser à mort? Je préfère qu'il continue à me prendre pour un tas muscles!

— Mais tu es aussi un tas de muscles, lui dis-je, en laissant une bouffée taquine s'infiltrer dans mes émissions.

Je me sentais le pied léger et la tête en fête. Sans doute l'effet de la bière.

Mais, après tout, c'était le printemps.

FIN

Postface

J'ADORE JARDINER, et cette histoire s'est imposée d'elle-même lors d'un appel de texte pour l'anthologie No Humans Allowed éditée par John Helfers. Le texte original a été publié en anglais dans le Fiction River 22 en 2017.

Les escargots sont les terreurs des jardiniers, parce qu'ils mangent beaucoup. Comme nous, ils aiment bien les petits fruits, comme les fraises. Un escargot absorbe 40% de son poids en nourriture chaque jour.

Les gastropodes possèdent surtout des propriétés fascinantes; hermaphrodites, sourds, avec une mauvaise vision et un seul poumon. Et plutôt baveux en amour… et il arrive qu'un échange laisse un organe coincé. Celui-ci se détache, transformant l'hermaphrodite en femelle!

Pas besoin de race extraterrestre bizarre quand on a ces gastropodes sous la main!

Mille mercis

Slime & Crime a été publié dans l'anthologie *Humans Not Allowed*, Fiction River 22, 2017, par WMG Publishing inc. sous la direction de John Helfers.

Vous avez aimé?
Partagez vos impressions sur vos plateformes favorites! Ainsi, l'auteure gagnera de nouveaux lecteurs et lectrices.

À propos de l'auteure

QUAND ELLE N'ESSAIE PAS de communiquer avec des fleurs inconnues, Michèle Laframboise écrit des histoires de science fiction. L'ex-savante folle (diplômée en géographie et en génie civil) a publié 18romans et plus de 45 nouvelles, récoltant plusieurs distinctions et prix littéraires.

Ses nouvelles sont parues dans les magazines *Solaris, Carmilla, Galaxies, Géante Rouge, Brin d'éternité, Fiction River et Compelling Science Fiction, Abyss&Apex.* Elle a été traduite en anglais, en italien et en russe.

Dessinatrice enthousiaste, Michèle a créé une douzaine de BD et entretient un blog illustré. À la plume ou au pinceau, elle concocte des intrigues captivantes et des mondes empreints de poésie.

Site officiel :
www.michele-laframboise.com

blog humoristique:
savantefolle.wordpress.com

Site de l'éditeur
www.echofictions.com

Wikipedia: Michèle Laframboise

Pour ne rien manquer de mes parutions et activités, joignez ma joyeuse bande de lecteurs!

http://michele-laframboise.com/fans

Autres livres de Michèle

Change ou meurs!

Science-fiction / humour /Premier contact

Les Loongunis ont besoin de fluctua¬tions continues pour s'épanouir, tandis que leurs visiteurs humains supportent mal cette incessante bougeotte. Quand un sabotage met fin aux permutations de leur Boîte de voyage, les Loongunis contraints à l'immobilité risquent de sombrer dans la folie... à moins que leur linguiste ne trouve une solution!

Une savoureuse nouvelle de science-fiction par Michèle Laframboise, une des auteures les plus primées au Canada!

Comment penser à l'intérieur de la boîte

978-1-988339-44-3 (imprimé)

Piégée dans le plus bel endroit sur Terre...

Humour / mystère / Ornithologie

Équipée de son guide Sibley, et ses fidèles jumelles, Amanda Byrd poursuit sans fatigue les oiseaux les plus in-saisis¬sables.

Sur les traces de son défunt mari, Amanda explore à l'aube un étroit canyon. Alors qu'un magnifique Condor de Californie survole le site, elle dé¬couvre avec horreur l'ascenseur détruit, piégeant leur groupe de touristes au fond. Qui a commis ce sabotage, et pourquoi?

L'intrépide ornithologue doit trouver une solution avant que le canyon ne devienne une fournaise mortelle…

Un court récit mettant en scène l'énergique Lady Byrd, écrit par Michèle Laframboise, observatrice d'oiseaux à ses heures.

Condor Canyon

978-1-988339-15-3 (imprimé)

Vous ne pourrez oublier Malak…

Drame psychologique / aide humanitaire / mondialisation

Théo, un travailleur humanitaire désabusé, interroge un garçon employé dans une usine de carton. La maturité et la résilience du jeune Malak, évoluant dans ces conditions difficiles, l'impressionnent.

Quand le garçon, du même âge que son fils, disparaît, Théo ne peut pas l'ignorer et laisser tomber. Sa quête de vérité soulèvera plus de questions que de réponses sur les pièges de l'aide structurée et des privilèges acquis.

Un drame psychologique sur fond de mondialisation, raconté par Michèle Laframboise, auteure plusieurs fois récompensée pour ses œuvres.

Le garçon de carton

978-1-988339-29-0 (Imprimé)

Plus de livres à découvrir chez Echofictions.com

Liste d'amitié

Une histoire lie chaque personne dans une chaîne d'amitié. Sentez-vous libre d'écrire votre nom avant de faire cadeau de ce livre à quelqu'un d'autre.

હ્જ્જ્જ્

Encore faim de lectures?

La bibliographie complète de Michèle Laframboise a de quoi satisfaire l'appétit des lecteurs de tous âges!

michele-laframboise.com/publications

*Et... d'autres histoires bourgeonnent
sur Echofictions.com!*

Pour recevoir des textes inédits, des entrevues et des surprises, joignez-vous à sa joyeuse bande de fans :

michele-laframboise.com/fans

Étant elle-même très occupée, l'auteure vous écrira pas plus d'une fois par mois!

www.ingramcontent.com/pod-product-compliance
Lightning Source LLC
Chambersburg PA
CBHW030525130626
46549CB00007B/3101